LÉON LENIR

LES FLÈCHES

— SATIRES PARISIENNES —

PARIS

IMPRIMERIE SIMON RAÇON ET COMPAGNIE

RUE D'ERFURTH, 1

1869

LES FLÈCHES

PARIS. — IMP. SIMON RAÇON ET COMP., RUE D'ERFURTH, 1.

LÉON LENIR

LES FLÈCHES

— SATIRES PARISIENNES —

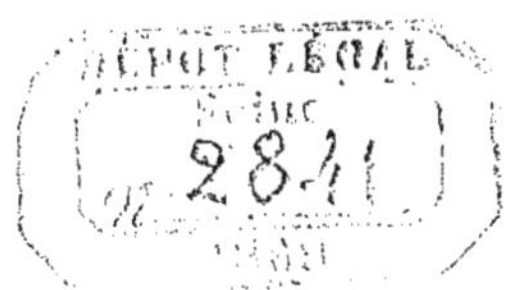

PARIS

IMPRIMERIE SIMON RAÇON ET COMPAGNIE

RUE D'ERFURTH, 1

1869

MONSTRES ET ÉGOUTS

LE RÊVEUR DU VAL MALPAS

Moi, je ne reconnais, enfant de la nature,
Ni le stagirien, ni Ronsard, ni Boileau,
Ni leur fade élixir où n'entre que de l'eau :
Je suis un franc archer à la haute stature.

Moi, je suis un penseur. — Fuyant les vils appas,
Vingt ans, j'ai médité, loin de la plèbe folle,
Sans lire un seul bouquin, sans dire une parole,
Comme cet empereur fameux du Val Malpas.

Or, que vois-je, en ouvrant les yeux à la lumière ?
Quels sont ces myrmidons, et cette fourmilière,
Ces larves, ces fœtus qui grouillent sous mes pas ?

Quels sont ces vers gluants, rampants, sans espérances ?
Quels sont ces orateurs des clubs, des conférences,
Qui pérorent toujours, et qui ne parlent pas ?

DANIEL A BABYLONE

O Daniel, ô vieux juif, héroïque prophète,
Fier ministre du roi Nabuchodonosor,
Toi qui ne voulus pas, contempteur des veaux d'or,
Devant ton souverain courber ta rude tête !

Réponds, que pensais-tu, sombre fils de Sion,
En voyant Babylone, et toutes ses idoles,
Et ses taureaux ailés, ses temples, ses coupoles,
Et ce Baal-Phégor, abomination ?

Dans notre grand Paris, centre brûlant du monde,
Où trônent les Molochs hideux de l'âme immonde,
Souvent à toi je pense, ô Daniel, mon appui !

Dans la fosse jeté, tu sus dompter le tigre,
Tous les monstres hurlants de l'Euphrate et du Tigre :
Mais saurais-tu dompter les monstres d'aujourd'hui ?

LE MONSTRE A DEUX FACES

Que Paris semble beau quand, sous l'air qui rayonne,
Sous l'éclat de ce mois qu'on nomme messidor,
Il couronne son front d'un diadème d'or,
Et dit : — du monde entier je suis la Babylone !

Oh ! que Paris est laid quand, dans son gouffre noir,
Parcourant, pas à pas, le cercle des mystères,
La nuit, on suit le cours de toutes ses artères,
Comme aux enfers de Dante, avide de tout voir.

Quels sont ces murs blafards, suintants, ces toits louches,
Ces profonds corridors aux effrayantes bouches,
Ces lupanars, ces jeux clandestins, ces tripots ?

Quels sont ces avorteurs, ces femmes somnambules,
Ces spirites, ces grecs, ces conciliabules,
Tous ces bouis-bouis, et tous ces caboulots ?

LA NOUVELLE COUR DES MIRACLES

Paris avait jadis une Cour des Miracles,
Rendez-vous des truands où, fier sur son tonneau,
Trouillefou commandait à son hideux troupeau :
Les sorciers et les gueux y rendaient leurs oracles.

Ce trou nous reste encor, de plus en plus pourri.
On y voit des toqués, et des crevettes folles,
Des mufles, des titis, des gnoufs, des rocamboles :
C'est un grand tintamarre, un grand charivari.

On y voit gigotter Flageolet et Clodoche,
Lili, le vieux Chicard, Normande et Rigolboche :
Un orchestre hurleur conduit le tourbillon.

Si Clopin Trouillefou, le fameux roi de Thune,
N'est plus, — il ne faut pas maudire la fortune :
Pour remplacer Clopin, nous avons Boquillon.

LE PALAIS DES VAUTOURS

C'est un palais massif, un rectangle sans marbres,
Lugubre, peu semblable au joli Parthénon,
Mais célèbre, — et portant en tête un rude nom.
Mercure est sur le seuil. Sur les côtés, des arbres.

Là, vers midi, se rue un essaim de vautours
Affamés, empressés, et cherchant leur pâture.
On les nomme boursiers, financiers, — race impure
Qui, pour manger le monde, exploite mille tours.

On entre. — Dans le fond se dresse une corbeille
Sinistre, — où les croupiers, grands hurleurs, font merveille,
Effroyables démons de ce cercle infernal.

A l'entour l'essaim gronde. — Une fausse nouvelle
Éclate ; tout se trouble. — Eau trouble, pêche belle,
Marmotte un banquier juif, au sourire banal.

LES ÉGOUTS

Les égouts de Paris sont, dit-on, sous la terre.
Erreur ! — Ils sont hardis, et coulent au soleil.
Ces égouts sont vivants. — Rebelles au sommeil,
Ils vont roulant leurs flots sans trêve, sans mystère.

O stigmates honteux de ce siècle vénal !
Voyez-vous ce mari qui tarife sa femme,
Qui cède son fauteuil à l'amant, — sort infâme,
Et dans un restaurant va lire son journal ?

Voyez-vous cette mère, — épouvantable mère,
Du ténébreux séjour exécrable mégère,
Qui vend sa fille, et vit de cet or corrupteur ?

Voyez-vous ce joli gazetier sans principes,
Grand avaleur de bocks, grand culotteur de pipes,
Qui va traînant sa plume, et cherche un acheteur ?

LE BANC DES MATRONES

Dans le pourpris grillé du palais de la Bourse,
On voit, caché dans l'ombre, un banc.où, tout le jour,
Se tiennent, spectres noirs de l'infernale cour,
Des êtres qu'on dirait tombés de la Grande Ourse.

C'est l'occulte sabbat des matrones du jeu.
Vieilles, elles sont là, monstrueuses sorcières,
Remuant le menton, comme dans les prières,
Marmottant, chuchotant certains mots, — l'œil en feu.

Effrayant ramassis : — Viles entremetteuses,
Ouvreuses de théâtre, anciennes ravaudeuses,
Concierges de tripots, duègnes de lupanars.

Un petit coulissier du diable, vrai squelette,
Aux pattes de faucheux, au museau de belette,
Rôde autour de ce tas, avec des airs cafards.

TURCARETS ET DORIMÈNES

Moi qui sens dans mon cœur le tison des prophètes,
Moi qui porte à la main le fouet de Juvénal,
Je bondis, je rugis, dans ce monde vénal,
Voyant, noirs trafiquants, les œuvres que vous faites.

Argentiers, financiers, dont je sais tous les noms,
Qui plumez le client comme on plume une grive,
Oh ! je veux vous cingler d'une lanière vive,
Turcarets qui pillez pour nourrir vos guenons !

Lorsque l'homme est voleur, la femme est courtisane ;
Près du riche voleur la pauvre fleur se fane ;
Et toujours le voleur visite Danaé.

Et celle qui tantôt était encore un ange,
N'est plus qu'un oiseau vil englué dans la fange :
Le faux ménage règne. — Hélas ! plus d'Aglaé !

DANAÉ

— LE DÉFILÉ DE LONGCHAMPS —

La voyez-vous passer, sur sa haute calèche,
Là vile Danaé, la fille aux cheveux roux,
Superbe, éblouissante, avec des yeux si doux,
Souriant aux Midas que sa splendeur allèche?

Des princes et des ducs dans son magique hôtel
Sont venus, attirés par l'infâme sirène,
Rois mages, apportant à cette souveraine,
Outre la myrrhe, l'or nécessaire à l'autel.

Messieurs du gazon vert, dieux de la race pure,
Turfistes, admirez sa charmante parure !
Vous en avez le droit, car c'est vous qui payez.

Couronnez de vos fleurs cette brillante idole,
Gorgez d'un vin fumant cette bacchante folle,
Et puis traînez son char ! et puis chantez ! — riez !

FLEURETTE

ou

L'OISEAU DU BON DIEU

Comme elle va trottant, la petite ouvrière,
La fille de Paris, ce gentil oiseau bleu !
Elle scintille et rit ; elle est esprit et jeu.
Mais, rentrée au logis, elle dit sa prière.

Sur l'épaule est jeté le gracieux camail.
Son doigt porte le dé d'argent ; — un fil de soie
Reste de l'atelier, sur son cou se déploie ;
A la ceinture pend le ciseau du travail.

Eh bien ! c'est cette enfant ravissante, céleste,
Que par l'or tentera le boursier, cette peste.
— Laissez donc cette enfant suivre en paix son chemin.

Allez porter ailleurs vos infâmes caresses,
Allez voir vos chignons, allez voir vos drôlesses :
De l'ange du Seigneur ne touchez pas la main !

LA MARÉE MONTANTE

De l'océan impur le flot terrible coule.
Il monte. — J'en connais et la cause et l'effet.
Le boursier enrichi ne sait plus ce qu'il fait :
Amassé par le vol et par le jeu, l'or roule.

Enseignez le métier utile, le travail,
Donnez, donnez à tous la lumière divine,
Et le lis fleurira dans la basse ravine.
Du vice l'ignorance est l'affreux soupirail.

Hâtez-vous ! hâtez-vous ! car je vois la famille
Qui s'éteint ; — car je vois la pauvre jeune fille
Qui se fane, et n'est plus qu'un indigne haillon.

Hâtez-vous ! hâtez-vous ! car le germe est stérile ;
Car des spectres hideux circulent dans la ville :
— O mon Dieu, versez-nous un céleste rayon !

L'ÉTABLE D'AUGIAS

Oui, je veux dégonfler ma rate ; car la bile
Amoncelle son encre, et me monte au cerveau.
— Mais qu'es-tu, dira-t-on, ô Pétrone nouveau ?
— Ce que je suis ? je suis la vengeance virile.

Je veux broyer le mal sous mon affreux pilon.
Ne pouvant vous changer, je vous accuse, infâmes !
Et je calcinerai, dans l'enfer de mes flammes,
Vos hontes, — en soufflant sur vous mon tourbillon.

Quand le puits de l'abîme empeste les empires,
Que les pères sont vils, et les fils encor pires,
Il faut bien balayer l'étable d'Augias.

Vous êtes des chacals, vos femmes des vipères.
Quand vous ne serez plus, là, devant mes colères,
Peut-être alors du sol surgiront des Bias.

LE NOUVEAU PALAIS DES REPTILES

— JARDIN DES PLANTES —

O reptiles heureux, que le monde caresse,
Vous allez donc avoir, quoique vous soyez laids,
Un palais de cristal, un superbe palais,
Dans ce vaste jardin où la foule se presse.

Jusqu'ici, nous avions trop gâté les sagouins,
Les singes. — Ils avaient une belle demeure :
Les biscuits, les gâteaux y pleuvaient à toute heure.
Et toujours des bravos pour messieurs les babouins.

Mais le vent est changeant, la fortune mobile.
Le singe va passer. — Place, place au reptile !
Place à l'ancien serpent, ce superbe animal !

Place à tous ceux qui sont bien rampants et pliables,
Aux meneurs, aux chanteurs de chansons agréables,
A la fausse science, aux faux discours, — au mal !

LA MORTE

Elle est morte, vous dis-je ! elle est morte, elle est morte !
Cependant le corps vit, l'oreille entend, l'œil voit,
Le sang court, le pied va, la bouche mange et boit.
Mais l'âme ! — Son cercueil, hélas ! est à la porte.

Elle est morte, elle est morte ! — Oh ! je veux lui bâtir
Un beau sépulcre blanc en marbre de Carrare :
Un grand saule pleureur, échevelé, très-rare,
Pleurera sur la morte, éternel souvenir !

Elle est morte, elle est morte ! — Oh ! malheur à la terre !
Le crime est sans remords, le vice est sans mystère :
Et tout se tait devant ces monstres dévorants.

Elle est morte, elle est morte ! — Où trouver un oracle ?
D'où partira l'éclair, la foudre du miracle ?
Qui ressuscitera les fantômes errants ?

SOCIÉTÉ ET POLITIQUE

LE GRAND SPHINX

Le peuple est quelquefois un chien de Terre-Neuve.
Rapide, courageux, il se jette dans l'eau,
Repêche les noyés, et, secouant sa peau,
Sans attendre un merci, quitte le bord du fleuve.

Mais quelquefois aussi, panthère de Java,
Il s'élance, il bondit furieux ! — C'est le crime.
Il croque sans pitié l'innocente victime :
Vous savez comme, un jour, terrible il se leva.

Devant cet être fort, ce grand sphinx de la terre,
Devant cet étonnant et farouche mystère,
Moi, qui ne le crains pas, je m'arrête rêveur.

Puis je me dis tout bas, sans pouvoir rien comprendre :
Eh ! comment faut-il donc le tourner et le prendre,
Ce sphinx mystérieux, pour gagner sa faveur ?

ANGES ET HARPIES

Oui, la femme a du bon. — Elle fait bien les choses,
Quand elle veut s'y mettre. — Elle a le regard doux,
La main douce ; — elle tombe avec grâce à genoux :
Elle a l'exquise odeur du benjoin et des roses.

Aux halles, aux marchés, dans sa chaste beauté,
Voyez passer la sœur qui nourrit la vieillesse.
La marchande l'appelle, et lui fait sa largesse :
La poissarde chérit la sœur de charité.

Mais aussi quand, laissant son pieux sacerdoce,
La femme abdique, — elle est épouvantable, atroce !
Elle a l'ongle crochu de la chauve-souris.

Regardez, dans les clubs, cette harpie affreuse,
Jetant ses cris stridents : — C'est notre tricoteuse.
Du sanglant échafaud elle a le cœur épris.

L'ABIME

Dans mes nuits sans sommeil, j'ai descendu la sonde
Au fond de ton abîme, ô Révolution !
Eh bien, voici le mot de ma réflexion,
Après avoir scruté, fouillé ta mer profonde.

Gens de quatre-vingt-treize, hommes au grand renom,
Vous rêviez l'impossible, et jamais le possible,
Avec votre unité stupide, indivisible :
Ou despotes ou sots, voilà votre vrai nom.

Vous ignoriez l'esprit des vastes républiques,
Le secret important des hautes politiques :
République est un mot, sans drapeau fédéral.

Seul, le soldat aimait vaillamment sa patrie ;
Il sentait un Dieu fort dans son âme aguerrie :
La vieille garde avait un bel air magistral.

LE DEUX DÉCEMBRE

J'aime à flâner. — Un jour, c'était le deux décembre,
Je rasais l'Élysée, en chantant larira.
Un groupe, autour de moi, disait : — il sortira.
—Non. — Si. —Non. — Il sortit. Tout dormait à la Chambre.

Il avait enfourché son petit alezan,
Joli cheval arabe, à l'ardente prunelle,
A la croupe allongée, aux jambes de gazelle.
Il part. — Reviendra-t-il ? me dit un artisan.

Il revint. — Il avait fait une promenade.
En ce temps, il aimait beaucoup la cavalcade.
— Et tout dormait encore dans le palais Bourbon.

Ainsi de quarante-huit creva la république.
On m'a dit qu'elle était absolument phthisique :
Les vieux partis avaient ravagé son poumon.

UN BUSTE

A la Chambre, au Palais, j'ai vu messire Favre.
Il ne me connaît pas, — moi, je le connais bien.
Je voulais mesurer ce cher olympien,
Dont le nom retentit de l'Amérique au Havre.

On le nomme partout le Jupiter tonnant.
Girardin a sa mèche, il a, lui, sa crinière,
L'œil large, le front haut, la lèvre épaisse, fière.
Mirabeau néanmoins était plus étonnant.

On lui reproche bien quelque petite chose,
Car la vie ici-bas n'est pas un lit de rose :
Pour se faire immortel, il a vu Dupanloup.

La faute, selon moi, n'a pas grande importance.
Le rouge peut s'unir au blanc. — La circonstance...
— Il faut bien quelquefois hurler avec le loup.

UN MÉDAILLON

Monsieur Thiers est petit, mais c'est une étincelle :
Il est vif, il est gai, pétulant et brouillon ;
Il parle, écrit, va, vient : c'est un vrai tourbillon.
Même on l'a vu valser autrefois à Bruxelle.

Quoique vert, il est gris, et noir en ses atours.
Jupiter le salue, Ollivier fait de même.
Celui-ci quelquefois lui pose ce problème :
N'être jamais changeant, en variant toujours.

Monsieur Thiers lui répond : — Ce n'est pas difficile.
Étudiez-moi bien et tous les chefs de file,
Et vous verrez qu'on peut concilier cela.

Certe, il aura ma voix dans l'urne électorale,
Et mes larmes, plus tard, dans l'urne sépulcrale.
En attendant, je chante un petit tra la la.

LES ABOYEURS

Nous avons, dans la Chambre, à droite, à gauche, au centre
Un groupe d'enragés que l'on nomme aboyeurs,
Effroi des Cicérons timides, larmoyeurs,
Qu'on pourrait envoyer hurler au fond d'un antre.

Je signale surtout les chers Arcadiens,
Un vieux de la Montagne, un tribun des Sept Sages,
Oiseaux qui dans leur nid font de jolis ramages,
Et semblent rappeler les hymnes saliens.

Quand l'éloquence manque, on se lève, on se penche,
On tend le bras, le poing, on retrousse sa manche.
Et le poing est toujours le meilleur argument.

En vain monsieur Schneider agite la sonnette.
Du métal argentin que peut la chansonnette?
Seul, le rappel à l'ordre apaise l'aboîment.

LES PUPAZZI

Regardez, regardez, sur ce petit théâtre,
Mes confrères en bois, ces petits pupazzi.
Ils ne parlent jamais, et pourtant quels lazzi !
Qu'ils sont gentils, malins ! — Oh ! j'en suis idolâtre !

Un homme grave et gras s'avance. — Il se recueille.
Il a le portefeuille au bras. — Un joli nain
Par derrière se dresse avide, — tend la main.
— Ollivier, connais-tu la tire au portefeuille ?

Dans un large pétrin, un lutin maigre et jaune
Se débat, déchirant des journaux grands d'une aune..
— Pinard, reconnais-tu ce malheureux lutin ?

Une femme, aux cheveux longs comme une comète,
De Circé tient en main la magique baguette.
— Lucinde, connais-tu ce portrait bien certain ?

LES VOYAGES DE M. THIERS

Je ne parlerai pas du voyage à Bruxelle.
Mais je dis : — Monsieur Thiers se plaît à voyager.
En France? — Quelquefois ; souvent à l'étranger.
Il voyage en voiture, en bateau, même en selle.

On le voit de Calais enjamber le détroit :
C'est un joli pays que la grande Angleterre !
Puis l'Anglais est aimable, il est parlementaire :
Il cause volontiers de l'ale et de son droit.

Londres, vous le savez, n'est pas loin de Venise :
On visite Saint-Marc, une charmante église,
Les palais, — un surtout, la perle des beautés.

Mais on peut voyager de même en politique.
Monsieur Thiers aime tout : royauté, république.
Et les lois de septembre, et les cinq libertés.

LE SAVON THRIDACE

— MAISON VIOLET —

Le savon Violet, que l'on nomme Thridace,
Est le roi des savons. — Il rafraîchit la peau,
L'assouplit, et la rend douce comme l'agneau :
Windsor en reconnaît la puissance efficace.

Mais ce qui surprendra tout le corps médical,
C'est que sa vertu va plus loin que l'épiderme :
Elle pénètre, atteint le cœur rude et trop ferme,
Et transforme en mouton le plus fier radical.

Ollivier, qui jadis était un peu sauvage,
A fait de ce savon un excellent usage,
Et maintenant il peut se présenter partout.

Mais c'est sur Darimon que ce cher cosmétique
A produit un effet étonnant, sans réplique.
Ce prodige fera songer Renan, surtout.

UN PORTRAIT EN PIED

En France, nous avons toujours un Démosthène.
Jadis c'était Billault, aujourd'hui c'est Rouher.
Billault a trépassé.— Donc, Rouher *for ever!*
Il est le Périclès de la nouvelle Athène.

Cet homme a tout pour lui. — Grand ministre d'État,
Confident de son maître, il gouverne la Chambre,
Et va développant l'esprit du Deux-Décembre.
Il est bel homme, fort, et de plus — auvergnat.

Il a l'épaule large, et la face carrée ;
Son geste est triomphant, sa parole sacrée,
Et sa foudre, dit-on, a calciné Pinard.

A Favre, Ollivier, Thiers, seul il sait tenir tête.
Comme Ruggieri, soleil de toute fête,
Il resplendit, bouquet brillant. — C'est le grand art.

LES IDES DE MAI

— FRUITS SECS —

Ollivier, Ollivier, prends garde à ta calotte.
Que de fruits sècheront lorsque mai fleurira !
Que de pleurs couleront lorsque mai chantera !
Darimon, Darimon, prends garde à ta culotte.

Hélas ! que faites-vous dans cette Chambre-là ?
Ne voyez-vous donc pas que les plafonds s'écroulent,
Que le plancher s'effondre, et que les bureaux roulent?
— Moi, qui suis votre ami, je vous préviens. — Voilà !

Décampez au plus tôt par les portes, les vitres !
Laissez là vos couteaux de bois et vos pupitres !
Fuyez, si vous voulez nous revenir encor !

Allez, cierges éteints, et rallumez vos cierges !
Allez serrer la main des courtiers, des concierges !
Allez ! Trémoussez-vous ! — Et comptez bien votre or.

LA SALLE DU TRONE

Je veux entrer enfin dans la salle du Trône.
Pourquoi? — Je n'en sais rien. Par curiosité,
Pour voir si tout est bien doré, bien argenté.
—Est-ce qu'il porte donc sur le front sa couronne?

J'hésite. — Mais d'où vient cette vaine terreur?
J'écris, parce que j'ai tout mon Paris en vue,
Et que je veux passer une immense revue,
Depuis l'humble biset jusques à l'empereur.

Cet homme parle peu. —C'est comme un sphinx, un bonze ;
Mais il a certains mots qui sont coulés en bronze.
Il regarde, il écoute, il calcule ses pas.

Il est le grand acteur. Eugénie est l'actrice.
Pensif est l'empereur, douce est l'impératrice.
Elle sourit. —Mais lui lorgne, et ne sourit pas.

NAPOLÉON ENFANT

— STATUETTE DU MUSÉE DES SOUVERAINS —.

Lorsque, sombre penseur, je vais, l'âme abattue,
Au Louvre demander des baumes bienfaisants,
Un noble enfant m'arrête, un enfant de seize ans :
C'est toi, Napoléon, ou plutôt ta statue.

Une grâce élégante, un juvénile essor,
Anime ce corps fin, et relève la hanche.
La ligne ondule, monte, aucun muscle ne penche :
C'est un éphèbe grec, élancé, pur encor.

Si le corps est charmant, déjà l'esprit est ferme,
Déjà dans la prunelle un rêve étrange germe :
Car parfois les enfants entrevoient l'avenir.

Jeanne de Domrémy, la jeune pastourelle,
Voyait comme un drapeau qui flottait devant elle.
— Jeune Napoléon, que vois-tu donc venir?

LE PALAIS DES SCEAUX

Oh ! les comtes, les ducs, les barons, — c'est ma joie !
J'aime les lambrequins, les timbres, les faisceaux.
Mon Dieu ! le beau palais que le palais des sceaux,
Avec ses parchemins où l'orgueil se déploie !

Mon œil d'artiste rit quand il voit ces blasons
Décorés d'or, d'azur, de sinople, — de gueules !
Des bâtards pour aïeux, des Phrynés pour aïeules,
Voilà parfois la source, ô superbes maisons !

Molière a célébré le seigneur de la Souche,
Issu d'un tronc pourri, mais qui pourtant fit souche.
Comme lui, je voudrais célébrer les fleurons.

Plus un gouvernement devient démocratique,
Plus il lui faut de ducs, de barons. — C'est logique.
Oh ! faites-nous toujours des ducs et des barons !

RUBANS ET CRACHATS

La femme a les bijoux, le bouquet du corsage :
Lui, l'homme, a le ruban, l'étoile, les crachats.
Oh ! les crachats surtout, ornement des pachas,
Et dont les vifs rayons tentent parfois le sage !

Comme un crachat est beau sur un large poitrail !
Floridor le sait bien, lui dont l'âme amoureuse
Toujours vers ce soleil se tournait désireuse.
Il le conquit enfin. Comment ? — C'est un détail.

Le crachat est pompeux. — Il est le roi des fêtes,
Et des dames, au bal, il fait tourner les têtes.
Mais le petit ruban ! Oh ! il a sa beauté.

C'est simple, mais charmant.—L'œil de la boutonnière
Sourit. — L'homme devient frais comme une rosière.
Et toujours le ruban aide à la dignité.

IL EST ARRIVÉ

Je voudrais bien... oui, mais je ne suis qu'un profane,
Et je ne puis parler, franchir le mur. — La loi
Est là, fantôme morne et dressé devant moi.
Allez donc aujourd'hui faire l'Aristophane !

Je sais un homme grave et consciencieux.
Mais il s'ennuyait fort dans sa bibliothèque,
En buvant son eau claire, en croquant sa pastèque.
Peut-être aussi son cœur était ambitieux.

Le sort l'avait logé dans un journal hostile,
Parmi les vieux partis, — triste, lugubre asile,
Où n'arrivait jamais l'esprit consolateur.

Or, un jour, en prenant sa plume fine, nette,
Il dit : — Si j'adressais un éloge à Toinette !
Il le fit, et soudain il devint sénateur.

LE SERPENT LACÉPÈDE

Un jour, un grand serpent, le serpent Lacépède,
S'ennuyant au Jardin des Plantes, s'évada
De son nid de cristal, et, leste, escalada
La grille, — puis partit comme un vélocipède.

Il voyageait la nuit. — Le jour, il se cachait,
Souple se faufilant dans les sous-sols, les caves,
Et sirotant le vin des lourds vaisseaux concaves.
Puis, quand il avait bu, tranquille il se couchait.

Vers minuit, quand tout dort, et que l'on n'y voit goutte,
Il sortait, ondulait, continuant sa route.
Il voulait arriver... Où donc? — Au Luxembourg.

Le serpent, plein d'orgueil, d'ambition frétille.
Il vint. — Mais le soldat qui surveille la grille,
Lui dit : — On n'entre pas, retourne à ton faubourg.

LES LIMOUSINS

Nous comptons dans nos murs, outre les balayeuses,
Et les chers égoutiers, — de nombreux Limousins,
Qui sur nos pauvres toits ont de sombres desseins,
Et pour les démolir des rages furieuses.

Ah ! ce sont des gaillards sans pitié, sans merci.
Les quartiers éventrés tombent comme des cartes :
Ils tranchent là-dedans ainsi que dans des tartes.
Mais, il faut l'avouer, ils construisent aussi.

Je ne regrette pas nos putrides masures,
De nos vieux bouges noirs les vertes moisissures :
Les bouges sont malsains ; — là logent les hiboux.

Pourtant je n'aime pas toutes ces grandes cages,
Ni tous ces hauts palais avec leurs cinq étages :
Aux princes des palais ; mais des maisons pour nous.

HAUSSMANN

Haussmann est un grand homme et de nom et de taille :
Il est le général de ces fiers Limousins,
De nos vieilles maisons terribles assassins,
Qui, d'une pioche armés, courent à la bataille.

La santé réclamait de larges boulevards,
La ville demandait de nouvelles artères
Pour ses chemins ferrés, pour ses embarcadères ;
Alors parut Haussmann avec ses étendards.

Il a renouvelé nos clochers et nos tentes,
Triplé les revenus et doublé les patentes ;
Enfin il a tout fait, ainsi qu'il l'avait dit.

Il a tiré Paris de son funeste somme,
Ressuscité le mort. —C'est fort bien, mon bonhomme.
Encor ne faut-il pas dépasser son crédit.

LES NÉCROPOLES

Pour ceinture, Paris a quatre nécropoles :
Montmartre, Vaugirard, Lachaise, Saint-Mandé.
Le bazar de la mort est bien achalandé,
Et reçoit, chaque jour, cent ombres sages, folles.

Notre ville du monde est le grand carnaval :
On agiote, on joue, on vole, on rit, on danse.
La salle du festin est belle ! — On fait bombance…
Mais l'heure sonne. — On fuit sur le pâle cheval.

Tous les matins, on voit passer l'humble cortége,
Ou le convoi pompeux à la marche funèbre.
Saluez ! — C'est la mort, mystère des savants.

Devons-nous conserver ces vastes cimetières ?
Pour honorer les morts qui dorment dans leurs bières,
Il ne faut pas pourtant infecter les vivants.

LE QUADRIGE DE L'ÉTAT

Les partis, aujourd'hui, se partagent la France.
L'un est blanc, l'autre noir, et l'autre rouge ou bleu.
Quant au pays, bonsoir ! à la grâce de Dieu !
C'était aussi la mode autrefois à Florence.

On tire à droite, à gauche, en arrière, en avant.
Le char, ainsi poussé, ressemble à ce quadrige
Sculpté sur le fronton du Louvre, et qui s'afflige
D'être tiré si bien, qu'il reste là rêvant.

Tous ces tiraillements ont enfin leur déboire.
La foudre éclate. — On ferme aussitôt son armoire,
On se cache, on n'est pas à l'aise, en vérité.

Tandis que l'Angleterre, au milieu de son île,
Marche, loin du fracas, dans sa grandeur tranquille :
C'est que des partis morts a jailli l'unité.

LE SEIZE MARS

— AU PRINCE IMPÉRIAL —

Tu n'es plus un enfant. — Déjà l'adolescence
Ouvre devant tes yeux son horizon d'azur :
Age enchanté, rêveur, mystérieux et pur,
Aurore après la nuit, céleste renaissance !

L'esprit s'éveille, alors, avec une clarté
Magique. — Si tu veux, lis le vers de Virgile,
Le vers impérial. — Surtout lis l'Évangile
Qui nous dit simplement la simple vérité.

Ce livre te dira, dans sa fierté profonde,
Que les premiers sont nés pour servir tout le monde,
Car la couronne est faite avec l'or des derniers ;

Que l'orgueil est un dieu qui penche vers l'abîme,
Que les arbres d'en bas poussent toujours leur cime,
Et que, par leur verdeur, ils sont bien les premiers.

LES FAUBOURGS

Oui, la misère est grande, elle est même très-grande :
C'est un fantôme noir qui sur nos fiers palais
Ouvre son aile immense, et frappe à nos volets.
Sachez-le, tout faubourg est, hélas! une Irlande.

O vous tous qui trônez sur les plus hautes tours,
Vous n'êtes là, messieurs, que pour aider les autres.
Oubliez vos habits brodés, soyez apôtres,
Songez à nos faubourgs, et songez-y toujours.

Et vous, les violons du centre et de la gauche,
Songez que la misère engendre la débauche,
Que la débauche ronge et le tronc et les fleurs.

Et vous, les électeurs, qui traînez la brouette,
A la Chambre envoyez, du fond de la Villette,
De bons faubouriens, et non pas des jongleurs.

STELLA

C'est aujourd'hui quinze août, la fête de la France.
J'ai quelques sous en poche, il faut bien s'amuser :
Notre vie est si prompte à couler, à passer !
Puis, la fête ne vient qu'une fois l'an, je pense.

Henry veut aller voir son cher Trocadéro,
Augustine aime mieux la barrière du Trône,
Lui, Paul, le grand pompier, qu'un casque d'or couronne,
Dit qu'au champ de Mars seul on boit du bon faro.

Moi, je vais à Montmartre, à la place Saint-Pierre,
Voir, dans une baraque, une sylphide fière
Qui danse sur la corde, et qu'on nomme Stella.

D'où vient-elle? on ne sait. — Où va-t-elle? on l'ignore.
Mais elle a dans les yeux la splendeur de l'aurore,
L'esprit de l'avenir. — Je ne dis que cela.

CLUBS ET CONFÉRENCES

LES DEUX MONTURES

J'ai dans mon écurie une double monture :
Un cheval noir, au poil luisant comme un rabot,
A l'œil farouche, au vif jarret, au dur sabot,
Brisant, bousculant tout, étonnante nature !

Mais je possède aussi mon mulet Rigolo,
Singulier animal, bon dans les mascarades,
Et lançant aux badauds de gentilles ruades :
Je m'en sers quand je vais au club Valentino.

Si je remporte, un jour, dans l'ardente bataille,
Le ruban rouge, ou bien une belle médaille,
Je dirai : Je le dois à mon bon cheval noir.

Si j'amuse, en passant, les oisifs de la ville,
Et le gamin rieur, et le crevé débile,
Je dirai : Mes amis, c'est Rigolo. — Bonsoir.

LE DIOGÈNE SANS TONNEAU ET SANS LANTERNE

Oui, je suis Diogène, — et je mords et j'attaque ;
Mais je ne roule pas dans la rue un tonneau,
En chantant un vieil air qui plaît au dindonneau :
Des chiens numérotés je méprise la plaque.

Je ne tiens pas, non plus, une lanterne en main :
A quoi bon ces falots misérables, funèbres ?
Je marche dans le jour et non dans les ténèbres.
Et si je hais le mal, j'aime le genre humain.

Non ! je ne suis jamais injuste ni cynique :
Je ris, mais ce n'est pas d'un rire satanique ;
Je ris, mais quelquefois c'est pour cacher mes pleurs.

Surtout, je ne vais pas fureter dans l'ordure :
Je laisse aux chiffonniers de la littérature
La hotte et le crochet. — Moi, j'adore les fleurs.

CLUBS ET CONFÉRENCES

On ne me verra pas rire des conférences,
Ni des clubs. — Non, jamais! J'aime les piédestaux!
Un nain même est géant, juché sur les tréteaux :
Je fonde sur les clubs de hautes espérances.

Oui, c'est beau de tonner, debout sur les sommets,
De dérouler sans fin la période ronde
Qui tourne sur son axe ainsi que fait le monde.
— O bel art de parler sans rien dire jamais!

Nous autres nés français, nous aimons l'éloquence,
Surtout quand l'orateur a de la corpulence,
Et que son torse gras cadre avec son discours.

Un discours, je le sais, est parfois monotone :
Toujours la liberté... le progrès... — Mais ça sonne.
Et toujours ce qui sonne aura chez nous son cours.

LES OIES DU CAPITOLE

On ne saura jamais trop louer la parole,
L'éloquence. — Je suis moi-même un orateur :
J'attache un fort grand prix à cet art enchanteur.
L'orateur est une oie au haut du Capitole.

Il veille sur l'empire. — Et tant qu'il restera
Quinze ou vingt millions de Démosthène en France,
Vous pourrez, croyez-moi, dormir en assurance :
Notre joli pays très-bien gardé sera.

Mais le soldat ! — A quoi sert-il, ce militaire ?
Et puis ça mange !—Un sou par jour.—Affreux salaire !
Comptez un peu combien ça fait au bout de l'an.

Tandis que l'orateur, lui, boit un peu d'eau claire,
Voilà tout.—Toujours gai, content, charmant confrère !
Et puis, quand il le faut, passant du rouge au blanc.

LES ROIS BARBUS

Les orateurs des clubs portent très-longue barbe,
A l'instar de Moïse, ami d'Adonaï.
Cependant ils n'ont pas gravi le Sinaï :
Peut-être ont-ils grimpé la rampe à Sainte-Barbe.

C'est Lefrançais, nain jaune à l'œil de basilic,
Pédagogue éloquent des noires fourmilières ;
Au club de Rochechouart, c'est Briosne, Millières ;
C'est Ducasse surtout, le tribun en carrick.

Pour le peuple ils ont tous des entrailles de mère,
Et leur amour n'est pas une vaine chimère.
Mais pourquoi de Cabet emboîtez-vous le pas ?

Le communisme est mort. C'est une duperie.
N'allons pas pour drapeau prendre une friperie.
La banque de Delitzsch vaudrait bien mieux, hélas !

L'ORATEUR EN JUPON

Le jupon s'enhardit et monte à la tribune.
— C'est un signe des temps, répète Dupanloup.
Moi, le jupon me plaît et m'amuse beaucoup :
C'est drôle ; — et la satire a son heure opportune.

Peste ! madame Chigne est la reine au Vauxhall.
Ce nom semble venir directement de Chine,
Et vraiment sur l'affiche il fait très-bonne mine !
— Spectacle varié. Ce soir club, demain bal.

La Chigne n'aime pas l'hymen et le baptême.
Elle trouve ces mots trop vieux, — crie : Anathème !
Et finit en disant : — Oui, nous les changerons.

Je me lève et je dis : — Trouvez donc mieux, madame !
En attendant, sachez qu'en l'honneur de notre âme,
Et nous baptiserons, et nous nous marierons.

L'ORATEUR RETOUR D'AMÉRIQUE

Oui, je l'ai déjà dit, j'aime la conférence.
Quand on a bien dîné chez Vatel ou Véfour,
On sent comme un besoin de faire un petit tour,
Et d'entendre, rêveur, quelque trait d'éloquence.

Mais le plus beau de tous ces Mirabeaux brûlants,
C'est ce grand orateur retour de l'Amérique.
On dirait un lion, un vrai lion d'Afrique,
Secouant sa crinière et se battant les flancs.

Eh! que dis-je? un lion; c'est bien plus, — c'est un homme.
Habit noir boutonné, le front haut, — voyez comme
Il se tient bien campé sur son large pétrin!

Il peint en traits de feu l'état transatlantique :
Toujours l'Américain parle de l'Amérique;
Et toujours avec joie on entend son refrain.

LE CAP DES TEMPÊTES

Oh ! les clubs marchent bien, très-bien. — Cela commence.
Et l'on voit arriver de jolis amateurs
Qui pourront devenir, un jour, des orateurs,
S'ils savent te doubler, ô cap de la démence !

Mais l'abord est vraiment fort difficile encor.
L'obstacle est un peu rude, et fait tourner les têtes :
On pourrait l'appeler le grand cap des tempêtes,
Gardé par cet affreux géant, — Adamastor.

Cependant on s'agite, on hurle, on vocifère,
L'équipage a du mal à traîner sa galère,
Le pilote n'est pas à l'aise, en vérité.

Puis on crie : — A bas tout ! et vivent les ruines !
A bas l'hymen ! à bas les familles divines !
A bas le capital et la propriété !

LE BOUT DE L'OREILLE

Sous le masque cachés, oh ! vous faites merveille ! —
Comme cet animal aux anneaux tortueux,
Vous allez enfilant un chemin sinueux.
Oui ! oui ! mais je te vois, petit bout de l'oreille !

Alfred, mon bel Alfred, blanche étoile du soir,
Toi qui hais tendrement la multitude rousse,
Oh ! je te vois venir, avec ta voix si douce,
Cachant ton cher drapeau couleur de ton mouchoir.

Tu t'en vas promenant, noble fils de la France,
Dans des lieux singuliers ta fragile espérance :
Un jour c'est la Redoute, un jour Valentino.

Même on dit qu'on t'a vu, traînant ta lourde chaîne,
Au quartier Mouffetard, au bouge du Vieux-Chêne.
—Mais quand viendras-tu donc, Alfred, au Casino ?

ÉCOLES, ACADÉMIES ET MUSÉES

GRELOTS D'OR

ET

LINGOTS D'OR

Honneur à l'or tintant! honte à l'or qui s'empile!
Tintez, carillonnez, babillez, grelots d'or!
Sautez, valsez! — riez toujours! toujours! — encor!
Et ne pleurnichez pas si Midas vous exile.

Le vers est un secret qui dans l'abîme dort,
Comme la perle au fond de l'écaille nacrée.
Il faut, pour le saisir, une force sacrée,
Un talisman du ciel ou de l'enfer, — un sort!

Il est des mots choisis qui ravissent l'oreille,
Des rhythmes bigarrés qui sont une merveille,
Des contrastes savants à vous faire enrager!

Puis l'idée! — oh! l'idée, et ses plans chimériques,
Ses types enchanteurs, ses symboles féeriques,
Ses sources, — dont les eaux magiques font songer!...

LE PALAIS DES MAGOTS

On a remis à neuf sa façade : — elle est belle !
Et monsieur Villemain ou bien monsieur Guizot
A fait galvaniser ses lions du Creuzot.
Que c'est gai, que c'est frais, une maison nouvelle !

Ils sont là, sous ce toit rajeuni, — vieux magots,
Quarante ! — tous assis dans la chaise curule,
Immortels, — à la main tenant une férule,
Et marmotant tout bas des mots, des mots, des mots.

Ces magots sont puissants.—Ils ouvrent, chaque année,
Un concours. — Et l'on voit une foule étonnée
Qui va, longeant les quais, entendre leur sermon.

Et les chers lauréats, toujours, toujours les mêmes,
S'en viennent recevoir, — délicieux emblèmes,
Des lauriers ? — Non vraiment.— Des feuilles de chardon.

LES TRAVAILLEURS DANS LE VIEUX

Vieilles conventions, vieilles formules vaines,
Voilà l'école. — Mais où sont-elles, les lois,
Ces types éternels, et toujours neufs, — ces rois,
Ces gouverneurs des cieux et des races humaines ?

Oui, depuis deux mille ans, dans le même chemin
Vous marchez, vous roulez, les uns traînant les autres,
De la banalité détestables apôtres,
Imbéciles savants, qui vous donnez la main !

Je rougis quand je vois vos fades rhétoriques,
Vos esthétiques, vos ridicules logiques ;
Mais je ris fort devant vos grands airs solennels.

Avec votre vieux vin, votre fausse sagesse,
Oui, vous abêtissez l'esprit de la jeunesse.
Et puis vous vous croyez des dieux, des immortels !

LA LANGUE SACRÉE

Oui, le vers est sacré ! — C'est une langue rare,
Un don, — un instrument qui vient des immortels,
Un chant mystérieux, une voix des autels :
Nous adorons Homère et respectons Pindare.

L'art donnera la vie au bronze athénien,
Au marbre de Paros, étonné de sourire :
Mais rien n'égalera le beau son de la lyre,
Le souffle ravissant du vers ionien !

La prose est un bœuf lourd accroupi dans la mare :
Le vers est un clairon qui chante une fanfare !
Mais je vous dis ceci : — Honte à tous les rimeurs !

Honte à tous les intrus, à tous les faux poëtes
Qui n'ont pas sur le front la flamme des prophètes,
A l'éternel essaim des bourdons endormeurs !

LES VIEILLES AU BOIS DORMANT

— SORBONNE ET COLLÉGE DE FRANCE —

Parlez bas… point de bruit. — C'est ici la demeure
Des Vieilles. — Sentez-vous cette odeur des vieux murs,
Des vieux palais moisis, silencieux, obscurs?
L'horloge est arrêtée et ne marque plus l'heure.

Quels sont ces petits vieux qui passent, — sous le bras
Pressant de vieux cahiers et de vieux bouquins jaunes,—
Museaux ratatinés, visages octogones,
Figures de l'hiver, que glacent les frimas?

Derrière eux, quel est donc ce petit troupeau maigre,
Que l'on dirait nourri de pain sec, de vinaigre?
Sont-ce des écoliers, ou des claqueurs payés?

On croit qu'il faut, au moins, pour un cours un élève.
C'est une illusion, une erreur, un vrai rêve.
Faute d'élève, on prend des flâneurs ennuyés.

LES QUATRE POËTES

Un poëte, c'est toi ! l'auteur de l'Odyssée,
Magnifique roman de la terre et des mers,
Des héros voyageurs, des Circés aux yeux verts,
Des retours triomphants dans le doux gynécée.

Un poëte, c'est toi ! Virgile le Romain,
Grandiose chanteur de la ville éternelle,
De Didon l'Africaine, hôtesse solennelle,
Héroïque flambeau d'un amour surhumain.

Un poëte, c'est toi ! vieux Dante de Florence,
Peintre du sombre enfer, de la désespérance,
D'un siècle tourmenté visionnaire ardent.

Un poëte, c'est toi ! grand spectre dramatique,
Magicien, bouffon, rêveur mélancolique,
Shakspeare le Saxon, empereur d'Occident.

UN JOLI FARCEUR

Souvent on dit : — Je suis, moi, matérialiste.
Or, comme un bel esprit est un peu fanfaron,
On monte dans la chaire, on fait le Cicéron,
On arrondit son geste, on pérore en artiste.

Alors, dites-moi donc, ô docteur sans pareil,
La connaissez-vous bien, cette noble matière,
Avec ses grandes lois, merveilleuse lumière
Qui resplendit partout comme un divin soleil ?

Mais le mot loi suppose une petite idée,
Qui tourmente en secret ma jeune âme obsédée,
Et l'idée est assez voisine de l'esprit.

Je vous soupçonne donc, cher matérialiste,
D'être aussi, vous mon maître, un spiritualiste.
O le joli farceur ! le farceur ! — Tiens, il rit.

UN MOT

Ce mot : Dieu, dit Renan, petit homme risible,
Est lourd. — Oh ! oui, vraiment il est lourd, en effet.
Ce mot profond, vivant, personnel et parfait,
Pèse sur nos cerveaux, mystère inaccessible.

Dieu du grand univers est le grand radical.
Sans Dieu la loi chancelle, elle n'a plus sa pierre,
Elle s'évanouit, mourante, sans lumière.
Dieu poursuivait Newton, Dieu tourmentait Pascal.

— Vous le voyez, reprend alors avec tendresse
L'adorable Renan, sirène enchanteresse,
Il nous faut un mot doux, gracieux, sans danger.

— Eh bien, quel est ce mot ? Quel est-il, petit homme ?
Parle ! je vais partir, j'irai le dire à Rome.
— Ce mot joli, c'est... loi. Vous plaît-il ? — Trop léger.

LA PETITE FLAMME

L'âme, qu'est-ce donc ça? Qu'est-ce donc ça que l'âme?
Disait un carabin, en scalpant des corps morts.
Nous trouvons bien des nerfs, des os, des muscles forts;
Mais où se niche donc cette petite flamme?

A l'âme l'on a cru longtemps, dit un savant.
Mais tout peut s'expliquer fort bien par la matière :
De la sensation l'idée est la lumière.
Pourquoi vouloir fouiller, et chercher plus avant?

L'âme! l'âme! oh! là là, dit la petite dame.
Mais nous avons noyé cette pauvre chère âme
Dans un grand bol de punch, chez Véfour, un beau soir.

Pourtant, si vous voulez, dit la docte Ernestine,
Nous irons la chercher, cette étoile divine.
— Non, non ; vous êtes bien des brutes. — Au revoir.

NUIT ET LUMIÈRE

Aujourd'hui, nous aimons beaucoup la raison pure.
Kant, avec cette faux, comme essai, faucha tout.
Tout fut rasé. Partout des ruines, — partout.
Pas une vérité dans toute la nature.

Quelle nuit! quelle nuit! Quelle profonde nuit!
La raison démolit. Oui, mais la conscience
Reconstruit. — Elle affirme et soutient la science.
Et Kant sourit alors. Et le beau soleil luit.

Conscience. Quel nom! — Dans le fond de l'abîme
Elle plonge, — et revient avec un mot sublime,
Le devoir! — Elle y croit irrésistiblement.

Et Dieu sur le devoir épanche la lumière :
Il est l'impératif et la cause première.
Dieu.—Devoir.—Ces deux mots sonnent superbement.

L'ALPHABET

Heureux l'œil qui sait lire, ô nature ! ô ma mère !
Dans ton bel alphabet, écrit en lettres d'or ;
Qui peut saisir la ligne, adorable trésor,
Sainte géométrie, ondoyante chimère !

Heureux les sens divins, délicats, éblouis,
Qui devinent l'accord des ombres, des lumières,
Le secret des couleurs, des teintes douces, fières,
Et la gamme des tons aux degrés inouïs !

L'image n'est pas tout. — Plus loin sont les idées,
Dont nos âmes toujours doivent être obsédées :
C'est là qu'est le grand monde étonnant, enchanté !

C'est là que sont les lois, les nombres, les cadences,
Les couples opposés, le nœud des concordances ;
C'est là qu'est le mystère éternel : — la beauté !

LA FOI

— L'ART AU TREIZIÈME SIÈCLE —

O le grand inventeur que ce grand moyen âge ! —
Orient, Orient ! — C'est ton brillant soleil
Qui de nos vieux aïeux féconda le sommeil :
La croisade est l'éclair. — O saint pèlerinage !

Magique fut l'effet ! — Un long rêve enchanté
Enivra les esprits, tourmenta les cervelles.
On voulait se lancer dans les routes nouvelles :
C'était l'heure ! — c'était l'heure de la beauté !

D'Athène ils n'avaient pas le marbre pentélique,
Ni le riant Paros à l'éclat métallique ;
Mais ils avaient la foi, germe de mille fleurs.

De cette foi naîtront les hautes cathédrales,
Les portails radieux, les flèches magistrales,
La rose flamboyante, arc-en-ciel des couleurs !

L'AURORE

Je suis l'admirateur de ces tapisseries
Des Flandres, de l'Artois, des pays allemands.
— Sur un fond jaune, pâle, oh ! quels décors charmants !
Oh ! les jolis oiseaux et les fraîches prairies !

Dans ce cadre riant, quel est, près d'un vivier,
Ce chevalier soumis, l'œil baissé, le front sage,
Qui présente à sa dame, Iscult au fin corsage,
Un cœur d'or, le rameau de la paix, l'olivier ?

Dieu ! quel enchantement que cette Renaissance,
Dans le premier essor de son adolescence !
C'est un rêve, une aurore, une fleur en bouton.

C'est un bouton de rose entr'ouvrant sa corolle
Sous un souffle attiédi, sous une brise molle ;
Du noisetier d'avril c'est le tendre chaton.

LE RÈGNE DES TITANS

— L'ART AU SEIZIÈME SIÈCLE —

Après le pur rayon de la première aurore,
D'autres viendront, avec tout le raffinement
D'un art scruté, fouillé, médité longuement,
Mais que trop de science exagère, déflore.

Ils forceront la ligne, et la chaste couleur,
Ils forceront les nerfs, les muscles et la forme,
Ils chercheront la vie intense, étrange, énorme :
Hélas ! l'âme quittera la colossale ampleur.

C'est Vinci, Titien, Tintoret, Michel-Ange.
Les Titans règneront ; mais adieu le bel ange !
Ils ne trouveront plus les célestes appas.

L'art n'est pas le réel. — C'est une idée, un rêve.
L'art est plus, l'art est moins que la vie ; — il s'élève,
Tenant à la nature, et ne l'imitant pas.

LA DÉCADENCE

— L'ART AU DIX-HUITIÈME SIÈCLE —

Ah ! voici le déclin, l'ombre après la lumière.
Après les dieux, voici les petits Cupidons ;
Après les hauts Titans, voici les Myrmidons :
Ça pullule. — On dirait comme une fourmilière.

La forme humaine perd son empreinte, ses lois,
L'adorable candeur du ciel ; — la mignardise
Dans les plis chiffonnés inscrit sa couardise,
Et les traits allanguis sont devenus chinois.

Boucher, Watteau, Lancret, d'autres que je veux taire,
De l'art ont oublié le divin caractère :
Le colifichet règne, insolent affranchi.

Au lieu de remonter jusqu'à la haute source,
Dans le sentier vulgaire ils poursuivent leur course :
La lampe s'est éteinte, et l'art s'est avachi.

UN RÉFORMATEUR

— PORTRAIT DE MADAME RÉCAMIER·PAR DAVID —

Malgré tous ses défauts de touche, de facture,
David est grand ! — Il a, dressant un haut trépied,
Chassé les petits dieux d'un noble coup de pied,
Et joint, peintre hardi, à l'art grec la nature.

Cette femme qui, là, sur un lit de repos
Se couche, s'accoudant sur un coussin de soie,
Est belle ! — Son corps fin sous la robe se noie ;
Le cou se tourne : — on voit et la face et le dos.

Ce n'est plus la bergère avec fleurs et houlette :
Sur le front, pur et doux, l'antique bandelette ;
L'étoffe a ces plis droits chers au rude sculpteur.

Tout est nu, tout est morne autour de la prêtresse :
Un candélabre seul, symbole de la Grèce.
On sent le souffle fier d'un vrai réformateur.

LE DÉPART DE 92

BAS-RELIEF PAR RUDE

— ARC DE TRIOMPHE. — AVENUE DES CHAMPS-ÉLYSÉES —

Elle est impériale, immense, gigantesque,
Cette avenue. — Ici, l'aiguille de Louqsor,
Là, cet arc que, le soir, l'Occident teint en or,
Iliade en moellon, portique soldatesque !

On voit sur la façade un superbe sujet,
Le Départ ! — Du pays c'est le cri magnanime,
C'est le cœur qui bondit à l'appel qui l'anime !
Et Rude le sculpteur est frère de Rouget.

Gloire à quatre-vingt-douze ! Il réveilla la France,
Il fit *la Marseillaise*, hymne de la vaillance,
Chant guerrier qui chassa loin de nous l'ennemi !

Ces enfants, qui n'avaient jamais touché les armes,
Devinrent des héros, dans un moment d'alarmes.
Saluez ces deux noms : — Jemmapes et Valmy !

LA VOIX DES TIMBRES

Je suis musicien, j'aime l'orchestre immense,
Bois magique, où j'entends, sous un souffle orageux,
D'un orgue colossal éclater les cent jeux,
Et les beaux rhythmes d'or piétiner en cadence.

Oh ! les timbres, mystère étrange, chastes voix !
O cuivres ! O cristal de la flûte ! O cymbales !
Archet céleste ! Bruit foudroyant des timbales !
Cor enchanté, rêveur ! O gai chapeau-chinois !

Aux bleuâtres clartés des grands astres nocturnes,
Quand rien ne bouge au fond des Babels taciturnes,
Il est doux d'évoquer la ronde des accords !

Le peintre a sous les yeux le monde des images :
Le musicien, lui, plane, loin des nuages,
Dans l'azur infini sans formes, sans décors.

LA VIEILLE MUSIQUE

— AUX BONS MAITRES DU CONSERVATOIRE —

Votre palais est bien nommé : — Conservatoire.
En effet, vous gardez, dans ce vieil arsenal,
Où l'on pratique bien, où l'on professe mal,
Mille brimborions dont le vice est notoire.

Vous enseignez toujours, avec aplomb, — toujours,
Les imitations et les fugues sacrées,
Les finals assommants et les phrases carrées,
La répétition des motifs, vos amours !

Vive le crescendo, monstrueux bloc de neige,
Bon pour faire rouler les chevaux d'un manége !
Ah ! vous êtes toujours les messieurs du pan pan.

Vive le coup de fouet ! vive tout ce qui sonne !
En avant la timbale ! en avant le trombonne !
Beuglez, assourdissez notre pauvre tympan !

UN CONCERT A LA COUR DE TITANIA

Où suis-je? En quel pays? — Quelle est cette musique?
Je vois une forêt bleuâtre. — C'est la nuit.
La lune, à l'Orient, blanche vestale, luit.
Sur un lac qui miroite, un nénuphar magique.

Une harpe prélude. — Un arpége léger
Court rapide. — On dirait le vol d'une danseuse
Sur la corde. — On dirait une source jaseuse,
Le chant d'un rossignol dans l'ombre d'un verger.

Au prélude succède un boléro fantasque :
C'est la flûte, le cor, le gai tambour de basque,
Danse au rhythme fringant, qu'Ariel inspira.

L'accord aérien semble fuir, — diminue…
Il s'évapore, il meurt, il se perd dans la nue…
— Certes, je n'ai pas fait ce rêve à l'Opéra.

UNE ORTHOGRAPHE NOUVELLE

On dit que les magots de notre Académie,
Voulant montrer qu'ils vont nageant dans le progrès,
Se sont tous réunis pour créer à grands frais
Une orthographe neuve. — O respectable amic !

Mais vous êtes donc nés pour me faire mourir !
Vous ne savez donc pas, ô dieux de la harangue,
Comment se développe et se forme une langue,
Comment la séve monte et se met à fleurir ?

Toucher aux mots ! — Mais c'est saper leur origine,
C'est séparer le flot de sa source divine,
C'est mutiler l'enfant en tuant ses aïeux.

Toucher aux mots ! — Mais c'est nier le beau mystère :
Les mots ont leur couleur, leur sacré caractère,
Leur aspect, leur visage enchanté, radieux !

TYPES ET MOEURS

ARTS ET LETTRES

PROMENADES HORS DES MURS

LES DEUX SOUFFLES

En moi sont deux esprits, dont l'humeur est contraire
L'un, moqueur et gouailleur et rageur, rit de tout,
Des autres, de moi-même, — et, toujours et partout,
S'en va sifflant l'acteur, et sifflant le parterre.

L'autre, pauvre oiseau bleu, mouche cherchant du miel,
Ame qui semble avoir perdu son corps, — légère,
Triste comme Mignon, — hôtesse passagère,
Regrettant la patrie, aspirant au doux ciel !

Ainsi, changeant, divers, ondoyant et fantasque,
Tantôt je cours, tapant sur mon tambour de basque,
Ricanant, et faisant la nique avec les doigts.

Puis soudain je m'envole et fuis, loin de la ville,
Au pays des soupirs, dans un coin bien tranquille,
Et je rêve à l'oiseau qui chante dans les bois.

LES ENROLÉS VOLONTAIRES

Vous êtes tous logés dans une humble alvéole,
Vous êtes tous cloîtrés dans un parti fatal,
Vous êtes tous nichés dans un petit journal,
Vous êtes tous cloués sur le banc d'une école.

Vous ne pouvez parler, écrire, faire un pas,
Sans l'ordre de monsieur le brigadier Pandore :
Et vous êtes ravis, enchantés, fiers encore !
Et vous baisez la main de vos jolis papas !

Vous niez le vrai Dieu pour avoir des fétiches !
Vous insultez le ciel pour vivre dans des niches !
— Oui, mais, répondez-vous, c'est notre volonté.

—Allez, heureux moutons de quelques vieux burgraves,
Broutez dans votre enclos, volontaires esclaves,
Et puis braillez en chœur : — Vive la liberté !

LES DROLES DE MÉTIERS

O Paris, dans le bas, dans le haut de ta ville,
Sous les toits, en plein air, dans tes divers quartiers,
Quels êtres étonnants ! quels drôles de métiers !
Le triage est ici souvent fort difficile.

Voyez ces petits vieux, déguenillés, courbés,
Qui, le long du trottoir des boulevards splendides,
Furettent ici, là, les doigts crochus, sordides :
Ils ramassent les bouts de cigares tombés.

Voyez ceux-là, toujours pressés, toujours en course,
Rôdant dans les cafés, dans les coins, à la Bourse :
Ce sont les coulissiers, remisiers et courtiers.

Et tous ces brocanteurs de choses introuvables,
Ces porteurs clandestins de lettres adorables,
Tout ça trime, tripote... — O les jolis métiers !

LES PETITS JOURNALISTES

Oui, je connais beaucoup de petits journalistes
Qui, croqueurs enragés, ont vingt-six râteliers,
Et vont traînant leur plume et crottant leurs souliers.
Ils portent un beau nom : — on les nomme ubiquistes.

Ils ont l'échine maigre et la prunelle en feu ;
Ils sont ébourriffés comme des chiens caniches.
Mais ils ont beau trimer, ils ne sont jamais riches :
C'est qu'ils aiment la fille, et puis aussi le jeu.

Pour faire leur copie, ils ont mille ficelles :
A de vieux brodequins ils mettent des semelles,
Retapent là-dessus, et ça paraît tout neuf.

Au bout d'un certain temps, ils ont vidé leurs têtes,
Ils tombent ahuris sur leur table, — ils sont bêtes :
Hélas ! ils ont tué le petit dans son œuf.

LE BOIS DE BOULOGNE

Heureux Paris, qui trouve, à deux pas des barrières,
Ce bois joli, — ce parc, ce ravissant jardin !
C'est vert, c'est frais, c'est gai ! — c'est comme un bel Éden.
— Paris est un royaume aux riantes frontières.

Laissez-moi regarder tous ces petits ruisseaux,
Ces érables, ces lacs, ces immenses pelouses,
Ces vieux chênes noueux, ces charmilles jalouses,
Cette mare d'Auteuil, ce chemin des Berceaux !

Et maintenant allons vers le Chalet des îles :
Le kiosque, l'exèdre, oh ! les charmants asiles !
Et qu'il fait bon rêver, au milieu de ces fleurs !

Quel est le sylphe ami qui, du bourg d'Interlake,
Transporta ce chalet, verni comme une laque?
Je le bénis! — J'ai là versé souvent des pleurs.

UNE VILLA A SAINT-JAMES

— BOIS DE BOULOGNE —

C'est d'abord une grille avec flèche dorée.
Le lierre s'entortille autour de ses barreaux ;
Il grimpe. — Pour cacher les deux murs latéraux,
Se groupent des massifs à la verte livrée.

Ce sont des catalpas et des magnolias,
Des sorbiers, cornouillers, cytises et troènes,
De frais azédarachs, des peupliers, des frênes.
Devant, des fuchsias, de blancs camélias.

Sur la ronde pelouse, une fontaine à vasque
Lance un jet d'eau qui chante et retombe, et, fantasque,
Danse comme le vin petillant d'un flacon.

Sur une balustrade, un grand vase borghèse
Porte un géranium flamboyant. — Une Anglaise,
Pâle, blonde, apparaît et s'accoude au balcon.

LES NYMPHES DES FONTAINES

BAS-RELIEFS PAR JEAN GOUJON

— FONTAINE DES INNOCENTS —

Oui, c'est bien un Français, celui-là !— Quelle grâce !
Sous ses doigts si moelleux, le marbre s'amollit :
Ce n'est plus de la pierre, il coule, il s'assouplit,
Il parle, il chante, il rêve, il aime, il vous embrasse.

Aussi toujours son goût l'entraîne au bord des eaux.
Et soudain, à sa voix, les nymphes des fontaines
Accourent, sur le bras tenant leurs urnes pleines,
D'où s'échappe à flots purs la source des ruisseaux.

C'est un rude sculpteur que le vieux Michel-Ange :
Les corps sous son ciseau se tordent. — C'est étrange.
Je l'admire ; mais toi, je t'aime, ô Jean Goujon !

Et souvent je viendrai, vers le soir, à la brune,
Quand l'argent en rayon nous tombe de la lune,
Voir si dans ton bassin nage un petit goujon.

LES CHARITES

— GROUPE PAR GERMAIN PILON —

Sur leur socle de marbre, elles sont là, charmantes,
Les trois sœurs, — se tenant ensemble par la main,
Et tout bas répétant sans cesse au genre humain :
— Espérance, amour, foi. — Toutes les trois aimantes.

Les Grecs ont inventé les Grâces au front pur,
Les neuf Muses, chantant et dansant, douces, fières,
Et les Heures qui vont marchant dans les lumières.
— Nos Charites dans l'œil ont un plus bel azur.

Plus saintes que leurs sœurs, elles sont plus humaines ;
Elles ont des clartés pieuses et sereines :
Rien n'égala jamais leurs célestes appas.

Mais, il faut dire aussi, nous sommes peu fidèles
A leur culte ; — et le monde, hélas ! s'éloigne d'elles.
Nous les regardons bien ; — nous ne les suivons pas.

LE SAGITTAIRE AILÉ

STATUETTE D'UN JARDIN DE SAINT-JAMES

— BOIS DE BOULOGNE —

Qu'est-ce donc que l'amour ? — D'où vient-il, ma mignonne ?
Est-ce un ange envolé du colombier d'azur ?
Ou bien est-ce un démon sorti du gouffre impur ?
Veux-tu, sylphe ou démon, être sa compagnonne ?

Il sourit. — Mais pourquoi sur l'épaule un carquois ?
Pourquoi ces flèches d'or qui, pénétrantes flammes,
Semblent viser au cœur, pour mieux blesser les âmes ?
De cet archer veux-tu subir enfin les lois ?

Il promet le bonheur. — Mais pourquoi donc ces ailes ?
Fuit-il, quand vient l'hiver, comme les hirondelles ?
Ses serments éternels ne durent-ils qu'un jour ?

Cependant on le suit : les monstres et les belles,
Les princes couronnés, les douces Isabelles.
Mais où les conduis-tu, mystérieux amour ?

LE BOUQUET D'ORANGER

— AUX ANGES DÉCHUS —

Voyez ! je tiens en main, comme un céleste emblème,
Un bouquet, chastes fleurs ! — un bouquet d'oranger,
Fait par Alphonse Karr, romancier et berger,
Bouquet plus précieux qu'un caduc diadème.

Belles qui fréquentez le bal Valentino,
Le café du Helder et l'Alcazar moresque,
Du vieux faune Bullier le Prado pittoresque,
Le théâtre Offenbach, l'éternel Casino !

A qui la prime ? — A moi. — Ton nom ? qui t'a fait naître ?
— Il est assez connu sans le faire connaître :
La Marche et Chantilly l'ont cent fois répété.

Nulle n'a plus que moi sablé le gai champagne.
Ce blanc bouquet, après une folle campagne,
Peut-être me rendra la sainte pureté.

L'ÉCOLE DES MOTS

— A UN JEUNE NORMALIEN —

Hélas! l'esprit n'est pas le dieu de notre époque.
Mais nous avons les mots, comme aussi les chignons :
Dans ce double royaume, oh! certe nous régnons.
Le chignon est splendide, et le mot est baroque.

Vous voulez devenir feuilletonniste, auteur?
D'abord, mon cher, quel est votre vocabulaire?
Comptez-vous bien autant de mots que Beaudelaire,
Ce chat maigre des toits, ce vieux petit flûteur?

Eh! nous ne sommes plus au siècle de Racine.
Racine! pauvre souche, invalide racine,
Qui n'avait, vieux crétin, que quatorze cents mots.

Parlez-nous donc des mots des grandes décadences,
Dansant, par millions, sur les belles cadences!
Mais Racine, Corneille, ah! c'étaient des marmots!

LES CISELEURS

Nous avons de fort bons graveurs en pierres fines.
Mais nous avons surtout d'aimables ciseleurs.
En phrase, en mot, — qui sont comme un bouquet de fleurs.
O ciseleurs jolis ! charmantes Séraphines !

Oui, oui, vous êtes bien les éternels phraseurs.
Quant à l'esprit, l'idée, oh ! ce n'est pas grand'chose,
Comme dit la chanson. — Messieurs, à vous la rose !
Mais le buste d'airain aux immortels penseurs !

Vous êtes les bichons des morbides alcôves,
Le bonheur des Laïs, des vieux libertins chauves :
Le courant vous conduit, vous ne remontez pas.

Allez, reposez-vous derrière vos courtines,
Puis, gorgés d'opium, de liqueurs byzantines,
De l'âne d'Apulée, ivres, suivez les pas.

LE PETIT CREVÉ

Paris, ce bel Éden, ce gracieux parterre,
Entre mille autres fleurs, a le petit crevé,
Mignon en veston court, et qui semble élevé
Dans la crème et l'orgeat de la pâle Angleterre.

Monsieur Niel, voyant que ces jolis frelons
Pullulaient, pullulaient comme la mauvaise herbe,
Et voulant en finir par un remède acerbe,
Fit la garde mobile avec ses bataillons.

Eh bien, je la connais, l'espèce parisienne,
Phosphore, vif-argent, flammèche athénienne,
Qui sait, en un clin d'œil, féconder ses zéros.

Vous allez voir l'effet de la garde mobile !
Un éclair tombera sur la race débile :
Du crevé disparu va sortir un héros.

LA LOI GUILLOUTET

— A UNE DAME —

Non, vraiment ce n'est pas très-bien, ma belle reine :
Vous sautez par-dessus la loi de Guilloutet.
Vous donnez un grand bal, que précède un motet,
Puis, tout bas, à quelqu'un vous dites, ô sirène :

— Joli petit Dangeau, gracieux chroniqueur,
Tu figures toujours le premier sur ma liste :
Ne va pas m'oublier, au moins, cher journaliste,
Et dis sur ma soirée un mot parti du cœur.

Cite, si tu le veux, ma charmante toilette,
Ma chevelure d'or, ma coiffure coquette,
Et surtout, et surtout, mon superbe chignon.

Note, c'est un grand point, la couleur de ma robe ;
Et, comme ma bonté jamais ne se dérobe,
Tu danseras encor sur le pont d'Avignon.

LA HALLE

C'est très-intéressant de visiter la halle,
Le matin, — quand la foule arrive comme un flot :
On dirait un dessin fantasque de Callot ;
On dirait le bruit sourd d'une grosse timbale.

Mais de tous les quartiers de l'immense ballon,
Le carré le plus beau, c'est la poissonnerie.
La poissarde a gardé la noble effronterie,
Le grand air magistral d'un tribun en jupon.

Jusqu'au-dessus du coude elle trousse sa manche,
Son bras ferme et musclé campe bien sur la hanche,
Et sa taille a l'ampleur d'une fille d'Atlas.

Pour conduire un royaume elle vous semble née.
— Quand je la vois trancher la truite saumonée,
J'admire comme elle tient son large coutelas !

LE BARON BRISSE

A la halle, chacun connaît le baron Brisse,
Ventre rond, teint vermeil. — Il marche comme un flot
Majestueux et calme. — On dirait Gorenflot.
Du Figaro jadis il était la nourrice.

Girardin, qui chérit l'idée et le fourneau,
Estime le baron, et parfois il l'appelle
Dans sa villa d'Enghien, pour soigner la gamelle,
Composer un salmis, rôtir un pigeonneau.

Oh ! ce n'est que trop vrai, le positif gouverne.
L'église nous sourit bien moins que la taverne :
Le positif est dieu, le ventre est notre roi.

Pourtant, au cher baron je le dirai sans feinte,
Je ne suis pas très-fort sur la gueule et la pinte :
Le lutin Ariel me plairait mieux, à moi.

LE PANORAMA DE LA SEINE

— ALENTOURS DE PARIS —

Comme la Seine, autour de Paris, est charmante !
C'est fin, léger de ton. — Sous un ciel argenté,
La colline arrondit son contour enchanté :
La Seine aux cheveux verts est une nymphe aimante.

Les villages, les bourgs, rangés sur les gradins,
Ont des noms gazouillants qui sont une merveille,
Qui chatouillent le cœur et ravissent l'oreille :
On voit près des maisons de beaux petits jardins.

C'est Passy, c'est Auteuil où demeurait Molière
Avec sa jeune femme, oiseau bleu de volière,
Et dont le joli bec pinçait l'or des barreaux.

C'est Nanterre, Chatou, Bougival et Colombe,
Sèvres, Meudon, — Lucienne, un vrai nid de colombe;
C'est Saint-Germain-en-Laye avec ses gais coteaux.

LE LAC D'ENGHIEN

Oh ! c'est un joli jour que le jour du dimanche ! —
Après six jours de peine, il est bon de sortir,
D'aller voir la campagne et de se divertir :
L'un met un bel habit, l'autre une robe blanche.

Moi, j'aime Enghien. — Son lac est si riant, si doux !
Sur le bord, des pêcheurs, et sur l'eau, des nacelles.
Partout de gais enfants, de jeunes demoiselles.
C'est un voyage en Suisse, et ça coûte vingt sous.

Je fais le tour du lac. — Oh ! c'est une merveille !
Un chemin creux : dans l'ombre une lueur vermeille,
Des cottages, des parcs, des chalets, des villas.

Le tour du lac fini, j'entre au Jardin-des-Roses.
Peste ! monsieur le maire y fait fort bien les choses.
Je m'assieds. — Vient le soir. Il faut partir, hélas !

LA GALERIE DE PEINTURE AU LOUVRE

— AME ET CORPS —

Allez, mes bons amis, allez voir, dans le Louvre,
Les superbes tableaux où domine la chair :
Vous pouvez les toucher, cela ne vaut pas cher.
Justement, voici l'heure. — Entrez, la porte s'ouvre.

Admirez bien surtout le fameux Titien,
Et ses vaches de plomb, éternelles dormeuses ;
Admirez de Rubens les énormes rameuses,
Et ses magots flamands qui gigottent si bien.

N'oubliez pas, non plus, le grand Paul Véronèse
Qui, fort riche en couleur, vous en donne à son aise :
Et toujours la couleur embellit les décors.

Moi, je m'en vais là-bas, évitant la bagarre,
Voir un petit dessin de Lippi, fin et rare ;
Car j'aime toujours mieux voir l'âme que le corps.

LUCA DELLA ROBBIA

— MADONES DE FAÏENCE ÉMAILLÉE —

Cher Luca Robbia, tes vierges de faïence,
Fond blanc et cadre bleu, délectent mes regards,
Chassent de mon cerveau les fantômes hagards,
Et font que je suis doux et plein de patience.

Oh ! comme tu l'aimais, la madone au front pur,
L'étoile du matin, la tourelle d'ivoire,
La porte du beau ciel, le mystique ciboire,
La colombe, le lis d'argent, l'arche d'azur !

Vous qui marchez encor dans l'ombre et dans la fange,
Dont l'esprit a perdu le souvenir de l'ange,
Accourez, venez voir la suave beauté !

Venez apprendre ici comment il faut qu'on aime,
Comment l'encensoir d'or doit s'oublier lui-même,
Comment le parfum monte avec sérénité !

LES FLEURS DU MAL

Comme si nous étions encore trop novices,
Les livres et les arts, voués au Dieu vénal,
Viennent nous étaler toutes les fleurs du mal :
Apôtres de l'enfer, ils nous prêchent les vices.

Quelle honte ! l'esprit, ce fils ailé du ciel,
Qui jadis murmurait des fanfares divines,
Se traîne maintenant, ver gluant des sentines,
Et bave le poison où l'art versait son miel.

O Phidias, si pur dans les panathénées,
O Pindare, chanteur des hautes destinées,
Où sont-ils, vos beaux vers, vos marbres immortels ?

Poëtes de nos jours, artistes sans vergogne,
Peintres des lupanars, amants de la charogne,
Vous putrifiez l'air, vous souillez nos autels !

PÉNÉLOPE ET LAÏS.

— AUX GRANDES DAMES —

Certes, je ne suis pas un moraliste austère :
Narguant monsieur Dupin, Prudhomme forcené,
Je ne viens pas prêcher sur le luxe effréné ;
Mais je vous dis ceci, sans détour, sans mystère :

— Lorsque Laïs arbore un drapeau, quel qu'il soit,
Laissez-lui sa couleur plus ou moins benoîtonne,
Laissez-lui son chignon, laissez-lui sa couronne :
A chaque oiseau sa plume, à chaque clan son toit.

Sous le vif transparent d'une claire enveloppe,
Marchal vous a montré Laïs et Pénélope :
Ou soyez Pénélope, ou bien soyez Laïs.

Il ne faut pas avoir deux faces tout ensemble ;
Car si, par son habit, le bien au mal ressemble,
On peut facilement se tromper de pays.

L'EMPALMAGE

OU LA PRESTIDIGITATION

— AU DOCTEUR EPSTEIN —

Que viens-tu nous chanter avec ton empalmage ?
Oh ! nous le connaissons bien mieux que toi, mon cher.
Marco, depuis longtemps nous a dit son grand air,
Et notre oreille a su retenir son ramage.

Empalmer le foulard, la broche en melchior,
Hélas ! pauvre docteur, vraiment la belle affaire !
De ces tours puérils qu'avons-nous donc à faire ?
Eh ! nous empalmons, nous, Napoléon fait or.

Nous empalmons surtout les bons billets de mille. — '
Demande à Cornaline, à Flamette, à Lucile,
Combien, depuis dix ans, elles ont empoché.

Olympe a mangé, seule, un seigneur de la Prusse,
Un noir Brésilien, un Espagnol, un Russe :
A la croqueuse il faut un plat bien panaché.

LE SEUL MOT NÉCESSAIRE

Un jour, je remontais le cours de la Tamise :
J'allais voir Albïon où, sans l'égalité,
Fleurit, dans la misère, une humble liberté
Sous un brouillard pesant qu'un pâle jour irise.

Fort peu docte en anglais, ne le parlant pas bien,
Je consultai quelqu'un qui savait me comprendre :
—Comment faire là-bas pour qu'on puisse m'entendre?
—C'est facile. Un seul mot suffit. — Lequel?—Combien.

Avec ce mot magique, et de l'or dans la poche,
On peut aller partout sans peur et sans reproche :
Retenez bien ce mot, ce joli mot : combien.

Vraiment ce petit mot résume notre époque.
A quoi sert de causer? — Chacun échange, troque.
On dit : — Combien? On paye.—On se comprend très-bien.

ANACRÉON

— A UN PARNASSIEN —

Fils de Liakoura, je t'ai vu nous traduire
Un petit livre grec, au style alexandrin ;
Et pour donner du prix à ton joli refrain,
Ce livre porte en tête : Anacréon. — Délire !

Sais-tu bien ce qu'était ce chanteur de Téos ?
C'était un beau vieillard, au front cerclé de roses :
Il voyait tout en grand, les hommes et les choses,
Et ne badinait pas avec le fier Eros.

Sa vaste coupe était une conque nacrée,
Son vin couleur de pourpre, une liqueur sacrée,
Et le buveur enfin, c'était Anacréon.

Le temps nous a ravi les chansons de sa lyre,
Ses vers ioniens ne se peuvent plus lire ;
Mais gardons-nous d'en faire un Moschus, un Bion.

ZANETTO

— A FRANÇOIS COPPÉE —

Oh ! je le reconnais pour un fils de la France,
Ce chérubin d'amour, ce gentil oiseau bleu
Qui chante et se confie à la grâce de Dieu,
Ce voyageur ailé que l'on nomme : — Espérance !

Il est vraiment joli, ton petit Zanetto,
Et j'aime Sylvia plus qu'on ne saurait dire.
Italie ! Italie ! ô rêve du délire !
O Florence ! ô Venise ! arche du Rialto !

Ton vers, leste et pimpant, des lueurs de l'aurore
S'illumine ; ta rime est un grelot sonore
Qui chatouille l'oreille et donne la gaîté.

Va, charmant Zanetto, rimeur petit, mais rare,
Le soir, sous les balcons, accorde ta guitare,
Lorgnant du coin de l'œil quelque jeune beauté.

BRUTUS LE JEUNE

Écartez, écartez ce Brutus de ma vue,
Ce dangereux rêveur, ce fantôme hébété,
Dans une idée unique, un seul dessein buté,
Cette tête ahurie et de sens dépourvue!

Toi qui songeais au meurtre, en méditant Platon,
Qui donc t'avait donné ce droit du sang sur l'homme?
Connaissais-tu César, connaissais-tu bien Rome,
Toi qui devant César n'étais qu'un avorton?

Savais-tu bien quel est l'effet de ces grands crimes?
On maudit l'assassin, on pleure les victimes,
Et le but recherché fuit loin, bien loin de nous.

Arrière tous ces fous et tous ces maniaques!
Arrière ces cœurs morts, ces cervelles opaques!
Aux héros le grand jour, mais la nuit aux hiboux!

SAINT FRANÇOIS D'ASSISE

TABLEAU DE CIGOLI

— MUSÉE DU LOUVRE —

Le voilà ce grand saint, ce saint François d'Assise,
Maigre, ardent, et plongé dans le rêve éternel,
Les stigmates aux mains, les stigmates du ciel,
Errant dans l'infini sur l'aile de la brise.

Mais s'il aime le ciel, il aime avec ardeur
La terre et ses enfants, et sa ville natale :
Il bénit du soleil la pourpre orientale,
Il bénit des beaux soirs la superbe splendeur.

Sur la montagne il va prier, et l'hirondelle
Prie et chante avec lui, sa compagne fidèle :
Confiante, elle fait un nid dans son manchon.

L'œuf germe. — Le petit enfin perce la coque.
Et le saint interrompt son divin soliloque,
Soigne l'oiseau. L'oiseau rit sur son capuchon.

D'ASNIÈRES A PARIS

Par un beau soir d'été, sur la Seine, à la brune,
Dans un léger esquif et qui coupe les eaux,
C'est plaisir de filer, en rasant les roseaux !
— A l'orient paraît le croissant de la lune.

Après l'ardeur du jour, que c'est bon la fraîcheur !
L'eau dort, c'est un miroir. — Tout doucement on rame :
Le calme est dans les sens, le bonheur est dans l'âme.
— Comme un héron, se tient, sur la rive, un pêcheur.

D'Asnière on est parti. — Voici la Grande-Jatte,
Puis le pont de Neuilly. — Gare à notre frégate !
— Frégate ici veut dire une coquille d'œuf.

Qu'est-ce donc que je vois sur le bord, à Suresne ?
Est-ce une blanchisseuse ou bien une sirène ?
On fuit. — Voici Paris. On amarre au Pont-Neuf.

JOINVILLE-LE-PONT

A Joinville-le-Pont, on mange la friture.
La guinguette est gentille. — On fricote en plein air
Sous la tonnelle ; — on boit un bon petit vin clair :
Et toujours le vin bleu réjouit la nature.

La tonnelle, que pare un riant chèvrefeuil,
Est peinte en vert, la table est de bois blanc, proprette,
Et la fille qui sert porte un beau nom : — Fleurette.
Le vin est de Mâcon, peut-être d'Argenteuil.

Un monstre du Japon, de l'Inde ou de la Chine,
Me lorgne de travers et dresse son échine :
De monsieur Champfleury c'est sans doute le chien.

Je demande le prix de toute la dépense.
La servante me dit : — C'est trente sous, je pense. —
A Joinville-le-Pont, on se régale bien.

LES PETITS PEINTRES HOLLANDAIS

— GALERIE DE BENJAMIN DELESSERT —

J'aime les Hollandais, la couleur hollandaise,
Les peintres hollandais et tout ce qui s'ensuit.
— Quelle nature verte et blonde ! — Et pas de bruit !
Le soleil est en or. C'est l'or d'une fournaise.

On les nomme petits, ces artistes divins,
Bien qu'ils soient assez grands. — Mais petite est leur toile,
Alors ils sont petits, — oui, oui, comme l'étoile.
Oh ! versez-moi toujours de ces bons petits vins !

J'adore, Van der Neer, tes jolis clairs de lune ;
Ostade, tes buveurs qui trinquent, à la brune ;
Terbourg, ta jeune femme en robe de satin !

J'adore, Pieter Hoogh, tes chambres lumineuses ;
Heyden, tes vieux pignons aux briques merveilleuses ;
Huysum, tes pots de fleurs, frais comme le matin !

JANET

PORTRAITS DE CHARLES IX ET D'ÉLISABETH D'AUTRICHE

— MUSÉE DU LOUVRE —

Est-ce Metsys? Non, non. — La Flandre ici s'allie
A la France ; — c'est toi, peintre rare, Janet !
De tes portraits si fins comme le style est net !
— Alors, on fit venir des brosseurs d'Italie.

Il fallait décorer tes murs, Fontainebleau ;
Tes plafonds réclamaient des barbouilleurs au mètre :
Ce n'était pas ton fait, à toi, mon divin maître.
Le décor des gâcheurs fit pâlir ton tableau.

Ce fut un triste jour pour le bel art en France.
Le pastiche tua dans son œuf l'espérance :
Primatice vainquit, et Janet succomba.

Mais moi, je vais toujours, dans ta petite niche,
Voir ton roi Charles neuf, Élisabeth d'Autriche,
Laissant aux vils brosseurs leurs reines de Saba.

LE MERLE BLANC

Qu'est-ce donc qu'un sonnet, demandez-vous, madame?
C'est un écrin d'azur plein de rares bijoux,
De diamants en feu, de perles au ton doux,
Brillants comme votre œil, et purs comme votre âme.

Mais il ne suffit pas que, pareil au cristal,
Le vers luise, — qu'il ait la splendeur des étoiles,
Que, chassant devant lui l'obscurité des voiles,
Il rayonne, plus beau qu'un ciel oriental.

Après tous ces éclats, ces lueurs, ces aurores,
Il faut encor qu'il chante en des rimes sonores,
Tantôt comme un clairon, tantôt comme un hautbois.

Enfin, pour dernier mot, une pensée, un rêve,
Le cri plaintif d'un cœur percé du triple glaive,
Un long soupir d'amour qui se perd dans les bois.

LA COLONNE VILLEMESSANTINE

Lui seul est grand, messieurs. — Son nom, c'est la Ressource.
Il est le Davenport, le Barnum du journal.
Il a, pour réussir, un génie infernal :
Toujours son écurie a le prix à la course.

Que n'a-t-il inventé, dans ses nuits sans sommeil ?
En prime il a donné des montagnes d'oranges,
Des dîners à crever, des spectacles étranges.
Mais son chef-d'œuvre, c'est... quoi ? — La Villa-Soleil !

Millaud aurait voulu pousser aussi sa fiche ;
Mais Millaud n'a jamais inventé que l'affiche.
Millaud n'est qu'un Mengin. — Lui, c'est la majesté.

Sa feuille au grand format plane ; — son envergure
Couvre Paris, la France et toute la nature :
C'est l'effrayant chiffon de son immensité !

LES CAFÉS-CONCERTS

Le soir, au coin du feu, pendant le noir décembre,
Quand je bâille, — je prends mon sceptre de sorcier,
Un sceptre merveilleux en bois de merisier :
J'appelle les concerts de Paris dans ma chambre.

Soudain tous les ténors, soprani, barytons,
Espèce au dur larynx, hurlante, hennissante,
Miaulante, beuglante, et surtout glapissante,
Apparaissent, braillant sur tous les plus hauts tons.

C'est Chaillier le bossu, Kadoudja la créole,
L'adorable Nisko, chantant Chilpérichole,
La blonde Lasseny, Pacra, Bosc, Élisa.

C'est Colombe, astre cher au zouzou, — Caroline,
Si savante dans l'art d'éternuer, — Aline,
La petite Cambon, enfin c'est Thérésa.

LES BOEUFS GRAS DU CARNAVAL

— THÉODOROS. — CHILPÉRIC — TULIPATAN —

O fier Théodoros, nègre à l'àme hardie,
Qui défiais hier tous les Anglo-Saxons,
Et tenais quelques-uns d'entre eux dans tes prisons,
Te voilà devenu gros bœuf de Normandie.

Et toi, vieux Chilpéric, roi mérovingien,
De Galsuinde l'époux, l'amant de Frédégonde,
Bœuf aussi. — Quel exemple aux princes de ce monde !
Quant à Tulipatan, ma foi ! je n'en dis rien.

Vous devez cette forme à nos dieux dramatiques,
A nos musiciens, cascadeurs frénétiques,
Au divin Offenbach, au gracieux Hervé.

Ces gaillards, voyez-vous, n'y vont pas de main morte :
Reines, rois et guerriers, princes de toute sorte,
Ils vont abêtissant tout ce qu'ils ont rêvé.

LA LANTERNE DE BOQUILLON

— A HUMBERT —

Oh ! l'affreux Boquillon ! oh ! l'affreuse Simone !
Dans quels gouffres boueux, fumeux, dans quels égouts
As-tu donc déterré ces monstres, ces cagoux ?
— Il faut enfin, Humbert, qu'ici je te sermonne.

Oui, sans rire, je crains ces magots rabougris.
Tu vas crétiniser toutes les chambrières,
Tu vas crétiniser toutes les couturières,
Tu vas crétiniser le gamin de Paris.

Où vas-tu donc chercher toutes ces balivernes,
Tous ces mots insensés et toutes ces lanternes ?
Veux-tu nous transformer en fils de Boquillon ?

Éteignons ces falots et rallumons les phares !
A bas tous les crins-crins et toutes les guitares !
A bas tous les hiboux ! vive le papillon !

LA JEUNE DENTELLIÈRE HOLLANDAISE

TABLEAU DE VAN TOL

— GALERIE DELESSERT —

La ravissante Agnès ! L'aimable dentellière !
Et quelle grâce elle a, la belle au souffle pur,
A rouler ses fuseaux sur le carreau d'azur !
— Mais ce n'est pas, oh ! non, une pauvre ouvrière.

Peste ! quelle toilette ! — Un jupon de satin
Brodé de fils d'argent ! — Une coiffe divine,
Légère, avec bord plat, faite en point de Maline !
Et quelle blanche mule à ce pied enfantin !

Près d'elle un lutin blond, probablement son frère,
Tape sur un tambour, afin de la distraire :
Elle écoute, sourit, oubliant ses fuseaux.

Et, pendant que s'amuse ainsi cette jeunesse,
Le père, lui, qui touche au seuil de la vieillesse,
Compte et pèse de l'or, derrière ces oiseaux.

LE CLUB DES PATINEURS

— BOIS DE BOULOGNE —

L'hiver est merveilleux ! — C'est comme une féerie !
Quel silence ! — Partout dort l'océan vital.
Les arbres sont changés en palais de cristal,
Et le beau soleil luit sur la neige fleurie.

Ton bois alors, Boulogne, est un enchantement !
Sur les chemins poudrés marquant leur double ligne,
Arrivent les traîneaux, au joli cou de cygne,
Des grelots secouant le gai bruissement.

On chausse le patin à la tranchante lame,
On s'élance, le pied a des ailes de flamme :
L'homme n'est plus, on file, on vole, on est oiseau !

Quel bonheur, dans ce bal aux groupes pittoresques,
De glisser, de graver de fines arabesques
Sur ton miroir poli, circulaire ruisseau !

UN STEEPLE-CHASE A LA MARCHE

La Marche, à nous sportsmen, plaît, malgré son mur triste.
A Chantilly l'automne, à nous le mois d'azur.
Le sol est bon. — Il n'est ni trop mou ni trop dur.
La piste a des zigzags qui charment l'humoriste. —

Cinq bêtes d'un bel air se placent au poteau :
Corinthe, Boquillon, Toto, Cap et Bravache.
Et le baron Turfin, abaissant sa cravache,
Leur donne le signal. — Tout s'élance aussitôt.

Boquillon tient la tête. Après lui vient Corinthe.
Au mur, Cap dégringole, et Bravache s'éreinte.
Toto muse, malgré le fouet et l'aiguillon.

Voici le potager, la banquette irlandaise.
Corinthe file... — Hélas! la rivière est mauvaise :
Elle pique un plongeon. — Hourrah pour Boquillon !

LA CORRECTIONNELLE

— PALAIS DE JUSTICE —

Au Palais, j'aime bien la correctionnelle,
Avec ses petits clercs, ses malins présidents,
Gais magistrats, ayant bon bec et belles dents :
Comme moi, le gamin aime aussi la donzelle.

Et tous deux nous allons, gratis, sournoisement,
Sur un banc nous caser, en face du prétoire,
Et goûter le bonheur d'un interrogatoire
Qui fait passer le jour fort agréablement.

Parfois, c'est un tableau d'un ton franc, populaire,
Qui déride le juge, amuse le parterre :
On dirait une scène à nos Bouffes, le soir.

Puis vient du président l'aimable ritournelle.
Quand il a du témoin fait vibrer la ficelle :
— Mon ami, lui dit-il, allez donc vous asseoir.

A UN FAUBOURIEN

Mon cher faubourien, car enfin je vous aime,
Je voudrais vous glisser un avis fort discret :
Vous allez trop souvent, mon bon, au cabaret,
Et vous en revenez casqué d'un diadème.

C'est mal, assurément.—Pendant que, chez Trouillard,
Vous buvez un canon, deux, trois, même une pinte,
Puis un bock, un vermouth, un rogomme, une absinthe,
Votre femme, au logis, s'ennuie et veille tard.

Que l'on aille, le soir, lorsque c'est le dimanche,
Boire un moss, en famille, à la barrière Blanche,
C'est bien.—On cause, on fume un brûlant calumet.

Mais, tous les jours, c'est trop. —Qui hante la cantine,
Perd tout, femme, ménage, enfants : — c'est la ruine.
Et puis on s'habitue à porter le plumet.

BAL D'ENFANTS AU CASINO

Pourquoi conduisez-vous, quand vient la mi-carême,
Vos enfants dans cet antre appelé Casino?
Ah ! plutôt menez-les, pour gagner un anneau,
A leurs chevaux de bois, amusement suprême !

Ne connaissez-vous pas ce palais infernal,
Ce Casino, salon et bal de la drôlesse,
Circé qui fume, et saute, et boit, rude diablesse,
Et change qui la voit en un vil animal ?

Craignez, craignez qu'un jour cette petite fille,
Dont les beaux cheveux d'or lui servent de mantille,
Ne se dise, plus grande : — Allons au Casino.

Horreur ! — Cet ange blond dans cet enfer infâme !
Oui, je suis indigné ! — Malheur à vous, madame,
Si vous envoyez là ce cher et tendre agneau !

UN CONSEIL A TOUS

Ah ! relevez-vous tous, vous, grands croqueurs de pommes,
Vous, arrangeurs de mots, vous, coureurs de Laïs !
Depuis longtemps déjà vous gâtez le pays :
Vous êtes des enfants, soyez enfin des hommes.

Pill, Marcel et Kador, vous dont les vifs crayons
Charbonnent des poussahs, ou d'affreux dromadaires,
Laissez là vos falots, prenez des lampadaires,
Et sevrez-nous de tous ces chiffons et chignons !

Et vous les Offenbachs, Hervés et compagnie,
Tortillards de flonflons, que maudit l'harmonie,
Hélas ! faites-nous donc des opéras nouveaux.

Car nous sommes bien las de vos œuvres malsaines,
De vos glapissements de chacals et de chiennes :
— Grâce pour notre oreille et nos pauvres cerveaux !

LA FORÊT DE FONTAINEBLEAU

Moi, j'aime les forêts, qu'aimait aussi Virgile.
Oh ! quand pourrai-je, un jour, vivre au milieu des bois,
Loin du club du Vieux-Chêne et du palais des lois !
Comme Diane, alors j'aurai la jambe agile.

En attendant, je vais revoir Fontainebleau.
C'est un pays agreste, une forêt sauvage.
J'y rencontre parfois un vieux faune, un vieux sage,
Qui me guide et me fait admirer le tableau.

Plus loin est Barbison. — Du bois c'est la lisière.
On y voit des genêts, une verte bruyère,
Des peintres, — grands amis de la réalité.

Ces charmants Lantaras piochent dans la nature :
L'idée est pour eux tous une vision pure.
Et toujours la nature embellit la beauté.

LE PALAIS DE VERSAILLES

Louis était un dieu, l'Olympe était Versaille.
Le paganisme entier est là, vivant par l'art,
Qu'aida sans doute un peu le sorcier Milliard. —
Cet Olympe, aujourd'hui, t'appartient, ô canaille !

A toi ce beau palais, ce gigantesque parc !
A toi tous ces jets d'eau, ces pelouses, ces marbres !
A toi ces orangers, ces charmilles, ces arbres !
A toi tous ces bassins arrondis comme un arc !

Lorsque Louis quatorze ordonnait ces cascades,
Ces quinconces, ces lacs, ces îles, ces naïades,
Certe, il ne songeait guère à toi, ce dieu du jour.

Mais toi, fine, rusée, immortelle canaille,
Tu laisses faire au roi, qui s'agite, travaille.
Puis, à la fin, tu viens et tu dis : — A mon tour !

LE PETIT TRIANON

Versaille est un peu grand pour moi. — C'est trop superbe.
Alors je vais plus loin ; — j'arrive à Trianon,
Petit parc, où jadis notre reine Toinon
Se changeait en bergère et folâtrait dans l'herbe.

C'est un lieu qui me fait rêver bien tristement… —
Elle était allemande, elle aimait la campagne.
Elle se croyait, là, dans sa chère Allemagne :
Ces arbres, ce moulin lui parlaient allemand.

Pendant qu'elle chantait dans cette laiterie,
Pendant qu'elle riait dans cette bergerie,
Le flot montait, montait… le ciel devenait noir.

Mais elle, toujours douce et pleine d'espérance,
Disait : — Oh ! ce n'est rien, je me fie à la France. —
Hélas ! hélas ! hélas ! — Pauvre Toinon, bonsoir.

LES MYSTÈRES

L'AUTEL DES PARFUMS

Tout fume sur l'autel du Dieu de toutes choses,
Et je vois en spirale ondoyer vers les cieux
Ce nuage léger, vermeil, délicieux,
Qui porte, le matin, le doux parfum des roses.

Et les lilas fleuris, et les jonquilles d'or,
Et les amaryllis, les muguets, les pervenches,
Les pins, les aloès, les anémones blanches,
Souriant au soleil, ouvrent leur cher trésor.

Et mon âme aussi s'ouvre ; elle étale ses ailes
Immenses, — et, volant comme les hirondelles,
Elle va, libre enfin dans ses élans hardis.

Elle va dans l'azur sans fin, dans les lumières,
A travers les chansons joyeuses des prières,
Montant, montant toujours... — Est-ce le paradis ?

L'ENCENS DES COEURS

— A LA SŒUR SAINTE-AGNÈS —

Vous la très-sainte, vous qui portez dans votre âme
Un héroïque amour pour la terre et les cieux,
O vous qui nourrissez, vestale des hauts lieux,
Dans votre cloître blanc, l'impérissable flamme !

Priez, priez toujours, priez, priez pour nous !
Pour la foule priez ; priez pour les empires,
Pour les pères flétris, pour les fils qui sont pires,
Pour les lâches, les forts ; enfin priez pour tous !

Priez aussi surtout pour vos sœurs, pour les femmes
Qui profanent l'amour en étouffant leurs âmes ;
Priez pour la laideur qu'on appelle beauté !

Oh ! j'aime les genoux qui pressurent les pierres,
J'aime ce doux encens mystique des prières,
Cet encens des mortels plein d'immortalité !

LES VOIX DE JEANNE

La nature est un temple aux profondeurs magiques,
Où notre oreille entend de singulières voix :
Jeanne de Domremy les entendait parfois,
Et moi, comme elle aussi, j'ai des rêves mystiques.

Lorsque l'Anglo-Saxon, après de longs combats,
Eut mis sa rude main sur la douce bergère,
Le juge, l'accusant alors d'être sorcière,
Lui dit, rouge bourreau qui ne plaisantait pas :

— Eh bien, Jeanne, à présent, malgré vos lourdes chaînes,
Entendez-vous toujours les voix de vos vieux chênes,
Les voix qui résonnaient comme des timbres d'or ?

Et Jeanne répondit, humble enfant de la France,
Avec une imposante et céleste assurance :
— Menez-moi dans les bois, elles y sont encor.

LES SAULES DE BABYLONE

Nous aimons, nous pleurons, voilà toute la vie.
L'amour devient douleur, quand l'astre disparaît :
Le bel astre perdu n'est plus qu'un long regret.
Pourquoi tant de gaîté de tant de pleurs suivie?

Mais nous nous confions à des mondes meilleurs :
Oui, je crois, malgré tout, avec pleine assurance.
Pleurons, mais que mes pleurs soient remplis d'espérance ;
Pleurons, pauvre exilé dans le pays des pleurs.

Dans mes songes, la nuit, je vous vois, chers fantômes !
Et la terre et le ciel confondent leurs royaumes :
Dites, regrettez-vous ceux qui sont ici-bas?

J'aspire vers Sion ! — Pour elle est ma tendresse !
J'ouvre mes faibles bras, comme un homme en détresse :
Dans un cœur plein d'amour, l'amour ne se perd pas.

JE SUIS ROI

Avez-vous, par hasard, feuilleté l'Évangile,
Le vrai, — mais non celui du compère Renan,
Écrit en bas breton, — un fort joli roman,
Qui durera peut-être autant qu'un plat d'argile?

Il est dans ce vieux livre un mot, un trait de feu,
Solennel, grandiose, — et tel que dans l'histoire
On n'en voit pas, — du Christ éclatante victoire!
Tous les rois ne sont rien, le pouvoir est à Dieu.

Dans son prétoire, là, je vois Ponce Pilate
Assis, et revêtu de la robe écarlate.
En face, un accusé qui se tient sans effroi.

Et Pilate lui dit : — Parle-nous sans mensonge.
Es-tu roi? N'est-ce pas un titre vain, un songe?
Et le Christ lui répond : — Tu l'as dit, je suis roi.

LE ROI DES ROIS

— LE CHRIST ET PILATE —

Tu l'as dit, je suis roi. — Mais roi de quel royaume ?
— Je suis roi de partout, je suis roi de toujours,
Je suis roi d'un royaume aux infinis contours,
Je suis roi des esprits, je suis le grand fantôme !

Gouverneur du Jourdain, valet d'un empereur,
Sais-tu bien qui tu vois, Pilate, face à face,
Pauvre atome perdu dans mon immense espace ?
Et, si tu le sais bien, sois saisi de terreur !

Ta Rome des Césars, cette reine du monde,
Passera. — Tout empire est une boule ronde
Qui roule, — roule et tombe où va tout ici-bas.

Où donc est Babylone ? Où donc est Ecbatane ?
Un monde est une fleur qui promptement se fane :
La terre passera, je ne passerai pas.

TABLE

MONSTRES ET ÉGOUTS

SOCIÉTÉ ET POLITIQUE

CLUBS ET CONFÉRENCES

ÉCOLES, ACADÉMIES ET MUSÉES

TYPES ET MŒURS. — ARTS ET LETTRES. — PROMENADES HORS DES MURS

LES MYSTÈRES

PARIS. — IMP. SIMON RAÇON ET COMP., RUE D'ERFURTH, 1.

www.ingramcontent.com/pod-product-compliance
Ingram Content Group UK Ltd.
Pitfield, Milton Keynes, MK11 3LW, UK
UKHW021727090726
13657UKWH00002B/558